The Party for Papá Luis
La fiesta para Papá Luis

By / Por Diane Gonzales Bertrand

Illustrations by / Ilustraciones de Alejandro Galindo

Spanish translation by / Traducción al español de Gabriela Baeza Ventura

PIÑATA
BOOKS

Piñata Books
Arte Público Press
Houston, Texas

Publication of *The Party for Papá Luis* is funded by grants from the City of Houston through the Houston Arts Alliance, the Clayton Fund and the Exemplar Program, a program of Americans for the Arts in collaboration with the LarsonAllen Public Services Group, with funding from the Ford Foundation. We are grateful for their support.

Esta edición de *La fiesta para Papá Luis* ha sido subvencionada por la Ciudad de Houston por medio del Houston Arts Alliance, el Fondo Clayton y el Exemplar Program, un programa de Americans for the Arts en colaboración con LarsonAllen Public Services Group, con fondos de la Fundación Ford. Les agradecemos su apoyo.

Piñata Books are full of surprises!
¡Piñata Books están llenos de sorpresas!

Piñata Books
An Imprint of Arte Público Press
University of Houston
452 Cullen Performance Hall
Houston, Texas 77204-2004

Cover design by / Diseño de la portada por Exact Type

Bertrand, Diane Gonzales.
    The Party for Papá Luis / by Diane Gonzales Bertrand ; illustrations by Alejandro Galindo ; Spanish translation, Gabriela Baeza Ventura = La fiesta para Papá Luis / por Diane Gonzales Bertrand ; ilustraciones de Alejandro Galindo ; traducción al español de Gabriela Baeza Ventura.
        p.   cm.
    Summary: A cumulative tale in which Papá Luis' family and friends make preparations for his birthday fiesta, complete with piñata, cake, and a clown.
    ISBN 978-1-55885-532-8 (alk. paper)
    [1. Parties—Fiction. 2. Birthdays—Fiction. 3. Spanish language materials—Bilingual.] I. Galindo, Alejandro, 1967- ill. II. Ventura, Gabriela Baeza. III. Title. IV. Title: La fiesta para Papá Luis.
PZ7.B46357Par 2010
[E]—dc22
                                                                                    2009026474
                                                                                    CIP

Printed in China in September 2009–December 2009 by Creative Printing USA Inc.
12 11 10 9 8 7 6 5 4 3 2 1

For my dearest writing friends Judy, Kathleen,
Katy and Lupe with love and a smile
—DGB

To my parents
—AG

Para mis queridos colegas Judy, Kathleen,
Katy y Lupe con cariño y una sonrisa
—DGB

A mis padres
—AG

This is the party for Papá Luis.

Ésta es la fiesta para Papá Luis.

This is the piñata
that hung at the party for Papá Luis.

Ésta es la piñata
que se colgó en la fiesta para Papá Luis.

This is the candy
that filled the piñata
that hung at the party for Papá Luis.

Éstos son los dulces
que llenaron la piñata
que se colgó en la fiesta para Papá Luis.

These are the children
who counted the candy
that filled the piñata
that hung at the party for Papá Luis.

Éstos son los niños
que contaron los dulces
que llenaron la piñata
que se colgó en la fiesta para Papá Luis.

This is Mamá Marta
who hurried the children
who counted the candy
that filled the piñata
that hung at the party for Papá Luis.

Ésta es Mamá Marta
que apuró a los niños
que contaron los dulces
que llenaron la piñata
que se colgó en la fiesta para Papá Luis.

This is the cake made by Mamá Marta
who hurried the children
who counted the candy
that filled the piñata
that hung at the party for Papá Luis.

Éste es el pastel que preparó Mamá Marta
que apuró a los niños
que contaron los dulces
que llenaron la piñata
que se colgó en la fiesta para Papá Luis.

These are the candles bought for the cake
made by Mamá Marta
who hurried the children
who counted the candy
that filled the piñata
that hung at the party for Papá Luis.

Éstas son las velitas que se compraron para el pastel
que preparó Mamá Marta
que apuró a los niños
que contaron los dulces
que llenaron la piñata
que se colgó en la fiesta para Papá Luis.

These are the nieces who placed the candles
bought for the cake
made by Mamá Marta
who hurried the children
who counted the candy
that filled the piñata
that hung at the party for Papá Luis.

Éstas son las sobrinas que colocaron las velitas
que se compraron para el pastel
que preparó Mamá Marta
que apuró a los niños
que contaron los dulces
que llenaron la piñata
que se colgó en la fiesta para Papá Luis.

This is the family who yelled, "Happy Birthday!"
and laughed with the nieces
who placed the candles
bought for the cake
made by Mamá Marta
who hurried the children
who counted the candy
that filled the piñata
that hung at the party for Papá Luis.

Ésta es la familia que gritó "¡Feliz cumpleaños!"
y que rio con las sobrinas
que colocaron las velitas
que se compraron para el pastel
que preparó Mamá Marta
que apuró a los niños
que contaron los dulces
que llenaron la piñata
que se colgó en la fiesta para Papá Luis.

This is Papá Luis who was surprised by the family
who yelled, "Happy Birthday!"
and laughed with the nieces
who placed the candles
bought for the cake
made by Mamá Marta
who hurried the children
who counted the candy
that filled the piñata
that hung at the party for Papá Luis.

Éste es Papá Luis quien se sorprendió con la familia
que gritó "¡Feliz cumpleaños!"
y que rio con las sobrinas
que colocaron las velitas
que se compraron para el pastel
que preparó Mamá Marta
que apuró a los niños
que contaron los dulces
que llenaron la piñata
que se colgó en la fiesta para Papá Luis.

These are the friends who danced with Papá Luis
who was surprised by the family
who yelled, "Happy Birthday!"
and laughed with the nieces
who placed the candles
bought for the cake
made by Mamá Marta
who hurried the children
who counted the candy
that filled the piñata
that hung at the party for Papá Luis.

Éstos son los amigos que bailaron con Papá Luis
quien se sorprendió con la familia
que gritó "¡Feliz cumpleaños!"
y que rio con las sobrinas
que colocaron las velitas
que se compraron para el pastel
que preparó Mamá Marta
que apuró a los niños
que contaron los dulces
que llenaron la piñata
que se colgó en la fiesta para Papá Luis.

This is the bird brought by the friends
who danced with Papá Luis
who was surprised by the family
who yelled, "Happy Birthday!"
and laughed with the nieces
who placed the candles
bought for the cake
made by Mamá Marta
who hurried the children
who counted the candy
that filled the piñata
that hung at the party for Papá Luis.

Éste es el pájaro que trajeron los amigos
que bailaron con Papá Luis
quien se sorprendió con la familia
que gritó "¡Feliz cumpleaños!"
y que rio con las sobrinas
que colocaron las velitas
que se compraron para el pastel
que preparó Mamá Marta
que apuró a los niños
que contaron los dulces
que llenaron la piñata
que se colgó en la fiesta para Papá Luis.

This is the clown that followed the bird
brought by the friends
who danced with Papá Luis
who was surprised by the family
who yelled, "Happy Birthday!"
and laughed with the nieces
who placed the candles
bought for the cake
made by Mamá Marta
who hurried the children
who counted the candy
that filled the piñata
that hung at the party for Papá Luis.

Éste es el payaso que siguió al pájaro
que trajeron los amigos
que bailaron con Papá Luis
quien se sorprendió con la familia
que gritó "¡Feliz cumpleaños!"
y que rio con las sobrinas
que colocaron las velitas
que se compraron para el pastel
que preparó Mamá Marta
que apuró a los niños
que contaron los dulces
que llenaron la piñata
que se colgó en la fiesta para Papá Luis.

This is the stick swung by the clown
who followed the bird
brought by the friends
who danced with Papá Luis
who was surprised by the family
who yelled, "Happy Birthday!"
and laughed with the nieces
who placed the candles
bought for the cake
made by Mamá Marta
who hurried the children
who counted the candy
that filled the piñata
that hung at the party for Papá Luis.

Éste es el palo que usó el payaso
que siguió al pájaro
que trajeron los amigos
que bailaron con Papá Luis
quien se sorprendió con la familia
que gritó "¡Feliz cumpleaños!"
y que rio con las sobrinas
que colocaron las velitas
que se compraron para el pastel
que preparó Mamá Marta
que apuró a los niños
que contaron los dulces
que llenaron la piñata
que se colgó en la fiesta para Papá Luis.

Diane Gonzales Bertrand has a big family that loves to plan parties. And when a special grandparent or great uncle celebrates a milestone birthday everyone joins in the preparations and has great fun. Bertrand is the author of other books about fun parties, including *The Last Doll / La última muñeca* (Piñata Books, 2001) and *Uncle Chente's Picnic / El picnic de Tío Chente* (Piñata Books, 2001). She is Writer-in-Residence at St. Mary's University in San Antonio, Texas, where she lives with her terrific husband Nick and their wonderful children, Nick and Suzanne.

Diane Gonzales Bertrand tiene una familia numerosa a quien le gusta planear fiestas. Y cuando un abuelo o tío abuelo celebra un cumpleaños todos ayudan con la organización y se divierten mucho. Bertrand es la autora de otros libros sobre fiestas divertidas como *The Last Doll / La última muñeca* (Piñata Books, 2001) and *Uncle Chente's Picnic / El picnic de Tío Chente* (Piñata Books, 2001). Es escritora en residencia en St. Mary's University en San Antonio, Texas, donde vive con su genial esposo Nick y sus maravillosos hijos Nick y Suzanne.

Alejandro Galindo has created illustrations for newspapers, magazines, advertising and design, as well as educational and trade children's books for many years. Galindo crafts traditional works in painting and sculpture using oils, watercolors, acrylics, engravings and digital medium. He currently lives and works in Murcia in the southeast of Spain.

Alejandro Galindo ha creado ilustraciones para periódicos, revistas, publicidad y diseño, así como para libros educacionales e infantiles por muchos años. Galindo elabora obras tradicionales en pintura y escultura con óleos, acrílicos, acuarelas, grabados y computación. En la actualidad vive y trabaja en Murcia, en el sudeste de España.